行雲流水

米寿記念歌文集

鷹司誓玉

著者近影

序

鷹司誓玉

みすずかる信濃平はゆたけかり
　千曲の川によどみなければ

一九五五年（昭和三十年）三月二十五日（入山得度式を翌日に迎えるに当って）両親や妹と共にはじめて長野に入る前日、篠ノ井線の旧姨捨駅を出はずれ、はじめて長野盆地を目にした時、思わず心に浮かんだ印象でありました。あれから何十年、国鉄は今ＪＲとなり、僅か二時間ほどで東京にも行けるようになりました。その当時、京都の尼衆学校に行くのには夜十時頃長野出発、名古屋駅で約一時間近くも待って、東海道線に乗りかえました。早朝六時頃、漸く学校に到着したことを思えば、まさに今昔《こんにゃく》の感であります。今の若い人に話せば「えっ鷹司さんはおべんとうにコンニャクをもって行ったの」と笑われますが……今は何も彼も便利短縮されています。それだけに時間を有効に使い、与えられた人生の歳月をも大切にしなければ勿体ないと思います。

うれしいにつけ悲しいにつけ、短歌をよむ手ほどきをしてくださったのは、大谷大学大学院の同期の友でした。院へ進学される以前、何年間か東京の歌壇に属して勉強された経験があるとのことでした。「一緒に学びませんか、吟行に行きましょう」等とさそってくださいました。短歌をよむすべも分かりませんと申しましたが、「とにかく日常の何でもない行為を、例えば朝おきて最初に目についたこととか、何でも歌の形にしてごらんなさい」とすすめられました。いつしか形ばかり即物的に目にみえること、近頃に経験したことを三十一文字に並べる楽しさを教えられました。修士課程の二年間だけの学友で、その後、彼女は学才を惜しまれ乍ら、若くして亡くなられたので、私の歌への精進も中途半端に終ってしまいました。

それでも時折は何か体験するたびに、衝動的に粗製乱作する習慣が続いて居りました。それまでは写真に少々はまった時もありましたが、尼衆学校で写真を禁じられてからは、専ら短歌にその印象を表現するように、或いは記録として心に留めるようにもなり今日に至っております。

米寿記念歌文集

行雲流水＊目次

序

桜花を訪ねて（立松和平氏に出会う）……3
幼き日の回想……10
母の想い出……13
出家以前の私……15
釈尊の足跡に学ぶ……17
中国紀行・新疆《しんきょう》ウイグル自治区並びに仏跡巡拝……23
組みひも……42
インド仏跡巡拝の旅（法話）……45
中国紀行・五台山……50
インド紀行Ⅰ　昭和六十二年（ニューデリー空港）……56
ユートピアわかほ……59
方正県《ほうせいけん》残留日本人慰問（吉水会）……63
中国紀行・仏教霊場巡拝……75

インド紀行Ⅱ　平成二十年……98
中国紀行・東林寺ゆかりの蓮花……105
中国紀行・玄中寺詣で……109
小袖屛風……112
挽歌（一條上人の遷化）……115
亡き恩師……121
クラス会……124
早逝の妹……128
東山魁夷画伯の遺作……133
白馬紀行……136
第六期法主認証式……138

あとがき
略歴・役職

米寿記念歌文集

行雲流水

桜花を訪ねて（立松和平氏に出会う）

（二〇〇一年〈平成十三年〉四月二十三日）

長野県上高井郡高山村に江戸時代からの桜をよんだ歌碑句碑が沢山あると聞きました。しかも多くのしだれ桜が満開の時期にあたり、尼衆学校における同窓会を催すこととして、二〇〇一年（平成十三年）四月二十三日、僅か四名でありますが、友人と共に野点道具をもって出かけました。長野電鉄の須坂駅から車で約二十分の所に「水中《みずなか》のしだれ桜」が先ずあると聞き、何も知らぬ私共は一体どんな桜かしら、水の中から生えているのかしらなどと、色々想像しながら参りました。水中というのはその地名だそうで、勿論ふつうに地中に根をはったたくましい老樹で、幹周約四米《メートル》、樹高約十二米、樹齢約二百五十年超といわれ、薄緋色の美しい花が梢からまさに滝の落下する如く流れ咲き、近付けば圧倒される程の景観でした。さすがにその直下で野点することははばかられ、少しはなれた「黒部のえどひがん桜」の下に筵《むしろ》を敷いて茶道具をひろげました。その時一人が気付いて「私たちが桜を見ているつもりなのに、あちらの方からは私たちを眺めていられるのよ」とのことで、一同思わず「うわあ恥ずかしい。帰りましょう」とそそくさと片付けかけました。ところが、その中のお一人がよってこられ、「皆さんとても楽しそうでよい雰囲気ですから取材させてください。私たちは村役場の職員で、そこに来られるのは立松和平先生です」とのことでした。一層驚きましたが、「ではどうぞ、取材などと仰らずにご一緒にお茶をどうぞ」と席を分け合いました。お茶うけ代わりに持参した手製の「つくしの佃煮」少々を皆さんで分け合い、思わぬ楽しい一時《ひととき》を共にさせて頂きました。その時の感激が次のような作品となりました。

爛漫の桜下の野点行きずりの客人《まろうど》まねきいよよ華やぐ
（水中のしだれ桜）

北信の陽光《ひかり》かがやく花かげにしばし喫茶去《きっさこ》心なごめり
（黒部・江戸ひがん桜）

湧き立ちてあふるる如くしだれ咲く二百余歳の幹のたしかさ

（水中・しだれ桜）

ふきのとう木の芽草の根とり揃えいで湯の宿の夕餉たのしも

（下山田温泉宿での夕食会）

更に後年、その地区の方々が記念碑建立を発願してくださり、黒部桜の近くに建碑され、思いがけない縁が結ばれ今日に至って居ります。

一期一会いまこの時ぞ尊けれ桜と出合い友と語らう
（高山村）

北信の五岳《ごがく》の雪は消え残り里の草木は芽吹き初《そ》めたり
（高山村）

渓谷の春浅くして裸枝の間《あわい》にかすむ八段の滝
（下山田温泉）

山の幸木《こ》の実《み》草の芽とりそろえ出湯の宿の膳のにぎわい
（下山田温泉）

孤高なる像にも似たりカモシカは遠き目をして山肌に佇《た》つ
（下山田温泉）

五百年《いおとせ》も里山の春彩《いろど》りて咲きてきつらむ枝垂れの見事さ
（坪井・枝垂れ桜）

人と出会い桜と出合う山巡り桜花《はな》の褥《しとね》にしばし安らう

幼き日の回想

幼き日三たびも脈の止まりしを母の輸血に救われたりき

小さき頃「自家中毒」の持病あり小三の三月《みつき》静養をせり

小五には移り来られし名医とう　なにわの医院にレントゲン受診す

心臓の肥大を診断されしのち体操、遠足欠席となる

いつしかに戦時体制にまきこまれ女学校では織機扱う

終戦と聞きしは女学校四年の夏　この年明けて高等女学校修了す

何事も学ばず過しし日々を悔い今志せども時すでに遅し

若き日に何もなし得ず過ししは我が懈怠にて世情の故ならず

母の想い出

いつしかに母はいませず桐箪笥に銘仙、矢飛白《やがすり》のきものの数多《あまた》

様々の色花麗しき友禅の母の振り袖今史料なり

べっこうのつややかなりし母上の櫛、笄《こうがい》はいずこにありや

嫁ぐ日に母の着ませし振袖を戴き入山の式服とせり

われもはや母の寿命をこえたりき親族の皆先立ちたまいて

出家以前の私

出家以前の私は、しばらく写真に凝っていた時がありましたが、尼衆学校に入ってみるとそれは贅沢品で時間の浪費、修学のさまたげであると厳しく禁じられ、すべて実家に戻し、どこに行くのにも無手で出かけました。然し、どれ程感動し深く学んでも、やがて忘却の彼方のものとなり、大変残念でありました。時には同道の方々から記念の写真一～二葉、贈られることもありましたが、充分な記録とはなり得ず、幾度か中国旅行団に加わるうち、親しくなった松代西念寺倉崎上人様から多数の写真をアルバムに纏めお贈り頂けることが多くなり、何より の記念として有り難く感謝して居ります。その他に大谷大学・同院の友人から短歌をすすめられ、その時その場でなければ味わえなかった心象風景も、少しずつ短歌によむすべを試みるようになりました。早逝されましたが、この方の真情からの勧誘を頂いたことに感謝してもしつくせぬ思いで居ります。また、若く健康であった頃、幾度か多数日を要する仏跡旅行をお許しくださった先代の一條上人にも、心から深謝して止みません。

釈尊の足跡に学ぶ

はじめての仏跡巡拝は一九八五年（昭和六十年）、尼衆学校での恩師（当時浄土宗大本山光明寺第一一〇世法主）藤吉慈海台下、並びに花園大学の禅文化研究所主催の旅におさそい頂いたもので、十五日間にインド八大仏跡をすべて参拝致しました。

各霊場でパーリ語の三帰依文と久松眞一博士の「人類の誓い」を唱和し、ことにルンビニのマヤ夫人堂前でお茶会を催して頂いた感激など忘れられません。

釈尊のあゆみたまいし天竺の大地を吾はふみしめて佇《た》つ
（カルカッタ着）

ナーランダの学舎《まなびや》あとはただに広く法難の時代《ときよ》黙して語らず
（パトナ・ナーランダ大学跡）

竹林の精舎のあとにたたずめば水面《みなも》をわたる風のさやけき
（ヴェールヴァナ竹林精舎）

鷲の峰説法の座に我も侍し人類解放の悲願を念ず
（ラージキール・霊鷲山《りょうじゅせん》）

伽陵頻鳥声《かりょうびんちょうせい》たえず宛転《えんてん》たり読経に和するガヤの晨朝《じんちょう》
（ブダガヤ・日本寺）

限りなく精緻なるレリーフとりよろい大塔はそびえ蒼穹《そうきゅう》仰ぐ
（ブダガヤ・大塔）

清濁をあわせのみたるガンジスの河舟べりに日の出迎うる
（ガンジス河）

暁闇のガートにつどうあまた人聖なる河の沐浴の一時《とき》
（ガンジス河畔）

法輪を転じ初《そ》めにし釈尊のみあとなつかし一木一草
（サールナート・初転法輪寺）

チベットの僧は五体を地に投じ一心帰命荼毘塚にぬかずく
（クシナガラ・涅槃堂）

黄金の御身右脇《うきょう》に臥したまう時空超えたる大いなる寂滅
（同）

ルンビニの仏母に抹茶献じたり微風吹動《みふうすいどう》法味うれしき
（ネパール・ルンビニ園）

まひる日のデカン高原ストウパの欄楯《らんじゅん》を右遶《うにょう》し幸せを謝す
（サンチー・第三ストウパ）

山はだの窟院に偲ぶいにしえの行者の心おきふしのさま
（エローラ・第十窟僧房）

中国紀行・新疆《しんきょう》ウイグル自治区並びに仏跡巡拝

（一九八六年〈昭和六十一年〉七月十六日〜二十八日）

五台山《ごだいさん》は中国大陸の北部太原《たいげん》に近く、中国での四大霊場の一つとして峨眉山《がびさん》（普賢菩薩《ふげんぼさつ》）・九華山《きゅうかざん》（地蔵菩薩《じぞうぼさつ》）・普陀山《ふださん》（観音菩薩《かんのんぼさつ》）と共に永く信仰の聖地であります。一九八六年（昭和六十一年）恩師横超慧日博士を先達として、旧知の大谷大学卒業生を中心とする約四十人程のメンバーで、洛陽（白馬寺）・太原（晋祠《しんし》・玄中寺）など見学の後、五台山（全山見学参拝、約三日間）の後、雲崗《うんこう》石窟・九竜壁・華厳寺など、翌日は万里の長城・明十三陵・天安門広場・故宮博物院・天壇など見学の後、北京から航空機で上海を経て、無事、大阪空港に戻りました。中国大陸の中では北方の寒冷地で六、七月頃でも気温二十度以下とのこと。常備薬を持参するように注意されての十三日間の旅でありました。

しかし、又と訪れ得ない五つの峰それぞれの山中に多くの寺院、それぞれの歴史があり、中国大陸奥地への巡拝旅行は各寺ごとの盛衰を知り、一般庶民の方々の生活も直接見聞でき、更にはその往復には竜門等の石窟に彫製されて以来、今日までの長い歳月を経ている中国仏教芸術伝統の技術・文物の偉大なる美しさにも心うたれました。

さまざまに旅人もてなす敦煌《とんこう》の夜宴《うたげ》つきせぬ西域の歌舞

さいはての城門くぐり永き世の歴史保てる石室法蔵

はるかなる天山山脈ふもとよりオアシスの水滔滔と走る

彼方には蜃気楼あり故人らは白骨を道しるべとなせり

（西域の旅）

天山の南路の車すさまじき砂礫とばしつつひた走り過ぐ

いく度もモンゴル侵入うけつつも興亡くり返せしオアシスの小都

五台山にて

あせし丹の風情なつかし南禅寺天平のいらか目に浮かぶごと

（南禅寺・五台山の入口に最も近いお寺）

孝文の帝《みかど》が詣で拝したる仏の光たとう東大殿
（仏光寺）

はるけくも牛馬や羊のせりに会う台懐鎮《だいかいちん》の小暑にぎわう
（台懐鎮は東西南北中の五つの山にかこまれた盆地の小さい街でホテルや商店もあり）

五台なる五つの峰に遠かすむ金閣寺山門紅衛兵の征きしあと

高く長き石廊のぼり金閣寺一木彫製千手観音を拝す

香煙のけぶり絶えざる菩薩頂チベット信者ら五体投地す

華麗なる牌坊《はいぼう》の奥更に深し霊鷲《りょうじゅ》峰頂タルチョはためく
（タルチョ＝五色の旗）

宮殿の構造模して並び建つ七堂清廟ただに鎮もる

山なみの雲路はるかに茜さし清涼のきわみ来光仰ぐ
（東台・望海峰にて）

東台はただ草原の山なりき虹橋仰ぐ果てなき青空

紅衛兵のこぼち行きたる仏像を裏門に出し黙々と修復す
（大塔院寺）

尼姑《にくう》らの読経ひびきて活気あり亡びざりけり五台仏法
（塔院寺食堂《じきどう》にて）

白塀の内に祀りし大塔は今も民衆の篤信のあかし

おん布施を献じまつれば大輪の色蓮華ひらき四仏に奉る
（羅睺寺《らごうじ》）

中台の廃墟にひとしし山頂の測候所いま活きいきと見ゆ

中台の頂き目ざし千仞の谷を見下《おろ》しバス登り行く

清涼の気にみち満てる五台山人《ウータイシャン》は穏やか野花やさしき
（中台・中後・吉祥寺廃墟）

戦乱の世に失われたる文殊寺のあと偲ばるる獅子窟原野

万仏の崩壊すさまじ天をつく十三層八角瑠璃塔残影

竹林寺名のみ残せど中台は淋しき山の連なりてあり

戒壇を秘めたる道場門前は木魚商う音かまびすし
（碧山寺・戒壇）

漸くに人里近き南山寺老僧二人笙、篳篥《ひちりき》を奏ず

清水河の流れにそいて白々と朝もや煙る清涼勝境
（台懐鎮の朝）

普化寺《ふけじ》の文殊菩薩や送子観音は色衣召され生けるが如し
（送子＝子授けの意）

峰々にいらかつらなる五台山去りがたき思い再見再見《ツァイチェンツァイチェン》

はじめての日本客なりと服務員らはもてなしくれたり心なごめり

（世界大戦後改革解放の政等により中日国交再開して後はじめて行く）

台懐鎮棲賢閣の夢枕五台の朝はすがしく明け行く

かたことを覚えたる吾らうれしくて「請観一下《※チンカンイーシャ》」とひたすらに請う

（※ちょっと見せて下さい）

いく日《ひ》かも連泊すれば服務員もただ「早《※ツァオ》」とのみわずらわしげに言う
（※早上好《ツァオシャンハオ》→早安《ツァオアン》→早《ツァオ》）

搭乗機はしばし翼を休めてぞ今玉門関をとび立たんとす

カレーズの恵みの水を頼りにて渇きうるおすハミ瓜うまし

天山の清冷のきわみカレーズは遠き集落《さと》にも恵みもたらす

さいはてのかわける奥地の遺跡にも文明のあと見得るふしぎさ

精緻なる彫刻壁面かざりてし沙漠の奥の大塔残欠

はじめてのラクダにゆられ沙漠行く鳴沙山への旅路はるけし

人気なき楼閣の奥に保たれし石窟宝蔵今しまみゆる

新疆のぶどう、ハミウリ豊かにて旅の思い出もまた豊かなり

西域の歌舞さまざまに我が旅路慰められたる敦煌の宵

中国仏跡めぐり―敦煌から新疆自治区へ―

正倉院御物《ぎょぶつ》のルーツさいはての絲綢《しちゅう》の道の窟院に見き
（敦煌《とんこう》・石窟）

党是には信教否定とききしかど盂蘭盆《うらぼん》縁日香積寺《こうしゃくじ》にぎわう
（西安・香積寺）

はるけくも詣で来にけり香積寺善導大師の御跡たずねて
（同）

組みひも

戦後間も無く紐結び手技《てわざ》の世に問われしは『女性画報』なりき

今は世に広く知られし「花結び」戦後とだえて伝承者なし

その時節伝統絶ゆるが惜しと思い守り続けたる手わざなりけり

布は織り毛糸は編みて紐結ぶ人間国宝の老師きびしき

糸組み師十三代目深見重助翁全国社寺の紐《ひも》修復伝承す

ひも組むに「いらちはあかん」と常日頃さとされしことば耳底《じてい》に残る
（いらち＝苛立《いらだ》ち）

我が老いをつくづく知りぬひも結び試みたれど記憶のおぼろ

今朝もまたおのずと集いし高齢者一椀の深見翁の玉露に一日《ひとひ》の活を得

インド仏跡巡拝の旅（法話）

私がインドを最初に訪れたのは一九八五年（昭和六十年）一月で、尼衆学校での恩師（当時は鎌倉の大本山光明寺の法主台下藤吉慈海大僧正）の主催先達で、浄土宗禅宗天台宗等の学僧方とのグループでありました。その時は、多分これが最初で最後のインド旅行であろうと、釈尊の八大仏跡十ヶ所余りを、ほぼ半月をかけて巡拝致しました。然してのち、再度訪印の御縁を頂き、インドの主都デリーの国立博物館で、大本願宝物展が開催されるに当り、開会式にお招き頂いて同行し、善光寺如来出現の聖地バイシャリーにも行かせて頂きました。インドは前回に比べ、環境整備も随分よくなったとのことでありましたが、現在も実地に参りますと、やはりまだまだとの印象をうけました。例えば、大きな町から次の町に行く街道には、一間四方もあるかないかの小店がびっしりと建ち並び、その路上には未舗装のため紙や瓶、ビニール等の切れ端が散乱し、半分土にめりこんでいる状態で、未だ何十年以前と全く変っていないのではないかと思われました。しかも私共は、特別貸切りバスで早朝ホテルを出発し、近いですから二〜三時間でバイシャリーに着きますと聞いて居りましたが、行けども行けども中々到着せず、ついに夕暮れ時になりました。それでも、お世話役の方達は簡単なテーブルや香炉灯燭の用意をしてくださってありました。よく整備されている公園のような土地の一隅に、それらを手際よく配置してくださり、長野から携えて行った善光寺如来御掛軸を正面に掲げ、早速簡単な法要を行い、無事安着を感謝してようやくひと息つくことが出来ました。
色々と思いがけない体験や異文化にふれることが出来ました。皆様方も機会があればどうぞ一度ぜひみ仏のお国を巡拝されますように。今日は余り時間がないので終りと致します。御清聴有りがとう存じました。

デリーなる国立博物館の一～二階信州善光寺如来をはじめて祀る

デリー国立博物館にて

さまざまの寺宝什物運び来て印度知識層の高官らに閲《えつ》す

日本の堂道《どうみち》駐インド大使公邸に招かれる。当時の皇太子並に美智子両殿下お揃いのいわば御新婚旅行であられた。菩提樹二本記念植樹された。その後、根づき立派に繁茂していて感無量。

二《ふた》もとの菩提樹の幹たくましく一つに繁り梢栄ゆる

ブタガヤ日本寺の保育園にて

つぶらなる瞳の子らが歓迎と唄い踊るに目がしらうるむ

晨朝《じんちょう》にみ堂の天窓開くれば鳴声宛転たり小鳥ら舞い入る

同日本寺光明施療院にて

遠きより医薬求めて人ら来る光明皇后の御心承《う》けたり

対岸はさだかに見えず六キロの恒河橋上微風《みふう》涼しき

いつの日かまたこの国を訪《と》わまほし弥陀のふる里毘舎利国《※ビシャーリ》を
（※毘舎利国＝現在バイシャリー）

中国紀行・五台山

中国には一九八六年（昭和六十一年）、大谷大学・大学院での中国仏教史指導教授・横超慧日博士を慕うOBの泉谷会、並びに叡山学院の先生方を中心とする五台山巡拝団を最初として、道心会その他のメンバーと共に計七回訪中させて頂きました。

いずれも印象深い所ばかりで何とか記録に留めたく思いましたが、カメラ技術が未熟で随分沢山のフィルムを無駄にしてしまいました。せめて三十一文字にまとめた腰折れを報告書がわりに収録しておきます。文化大革命の破仏のあとの歴然とした所もあり胸がつまりました。

音にきく竜門大龕《がん》はれやかに仏の慈顔にあいたてまつる　（竜門）

伊水《いんすい》の流るるほとり岩肌をうがちて祀る盧遮那大仏　（同）

遠つ国の仏法経論初伝せし功忘れめや山門の石馬
（白馬寺）

九朝《きゅうちょう》の古き都ときくからに牡丹の葉群みやびてぞ見ゆ
（洛陽）

日の本の念仏の末裔詣ずるをよみしたまうらむ石壁の祖師
（玄中寺）

黄廟のいらかきびしき菩薩頂百八段上香烟たえず
（五台山・菩薩頂）

おん布施を献じまつれば花ひらき即ち四仏にあいたてまつる
（同・羅睺《らごう》寺）

悠久のかなたを慈眼にみそなはす石窟の菩薩御身欠けつも
（大同・雲崗）

文革の嵐すぎたる五台山廃寺のありて聖域もあり

朝もやにけむる五台の峰々は多くの御寺の興亡語る

五台なる五つの峰の寺々には参る人多く香烟たえず

若比丘《わかびく》は百八の高き石廊を天秤棒にて水の荷を負う

羅睺寺《らごうじ》は大き蓮弁《れんべん》奉賽に開けば数体の座仏まします

日の出まつ東台山頂のひとときは寒さきびしく緊張し居り

インド紀行Ⅰ（ニューデリー空港）

（一九八七年〈昭和六十二年〉一月十五日～三十一日）

インド到着後最初のご挨拶で団長（先達）の藤吉慈海上人から「この旅はあくまでも釈尊の芳躅をしたいその御精神を頂こうとするものです。単なる物見遊山ではなく、真剣に巡礼するつもりで参加するように」とご注意をうけていました。しかし、何日もインド各地を旅する間に緊張もとけ、バスの待ち時間に、私共二号車内の一同はすっかり皆うちとけ合って、歌で楽しんでしまいました。あとから聞けば、一号車（藤吉上人等大本山光明寺の先生方の乗っていられた号の車内）では、さすが浄土宗で大切な法要の折に唱える「礼讃」を皆さんで唱和して、有効な時をすごしたと感激していられたのです。我々は、凡愚の不謹慎さを恥じて、大いに反省した次第でありました。

空港におり立ちみれば褐色のスモッグ厚く視界をふさぐ

来し方も行方もしらぬ渋滞の道は続きて宿舎《ホテル》なお遠し

釈尊も歩みたまいしこの道は行方定めぬ托鉢の道

皇太子明仁《あきひと》親王・美智子妃両殿下はじめての御外遊（インド旅行にて）駐印大使の堂道氏公邸にお立ちよりあり。私の最初のインド旅行は一九八五年（昭和六十年）で恩師・その当時は大本山鎌倉光明寺法主の団におさそいをうけた。約三十年後に再訪し同大使館に招かれ往時を偲ぶ。

満月の公邸の庭に楽《がく》の音《ね》は日印友好をことほぎ響く

両殿下のお手植えなされし菩提樹の幹たくましく梢豊《ゆた》けし

ユートピアわかほ

学行をおえ善光寺に帰山した一九六一年（昭和三十六年）四月半ば以降、社会では老人問題が浮上し、大本願でも福祉会をもち、住職一條上人のお心入れにより、老人養護ホームを郊外若穂地区に建造して、社会のニーズにこたえるようになりました。

特養「ユートピアわかほ」は、市内若穂綿内に一九九一年（平成三年）四月開設された老人ホームで、定員五十名並びにデイサービス二十人、ショートステイ五人のお年寄りを多くのスタッフでお世話する施設であります。

眼前には豊かなリンゴ園と下方はるかに善光寺平長野の市街地がひろがり、背後には緑の山並み、しかもその山をバックに当ホームのシンボルみめぐみ観音像（高さ十五米の青銅）が建立されて、入所者の日々が快適であるようにとお見守りくださいます。

福祉法人大本願福祉会の協力の下、発願された故一條上人のあたたかい御心がいつまでも受けつがれて行きますようにと祈りつつ。

たかだかと若穂の空にあり立たす永遠《とわ》にやさしき御《み》めぐみの菩薩

生涯の心の糧《かて》をたまうなる菩薩の慈光野に山に満つ

豊かなる老いの日々をば安らかに幸《さち》多くあれつどいし諸人《もろびと》

人生の重きつとめを果たしおえ友とくつろぐゆうとぴあの里

み恵みの菩薩のみもとに集《つど》う人日々のくらしの重荷をおろし

方正県《ほうせいけん》残留日本人慰問（吉水会）

（吉水会＝明治年間より続いている浄土宗尼僧の集り）

一九九〇年（平成二年）

去る太平洋戦争の終末期近くになってから、満蒙開拓団という国家の方針に応じて、主に長野県山間部の方たちの中から青年団員、更には農家の土地財産をもたぬ方たちが、家族ぐるみで中国北部（満洲方面）にわたりました。

そして農業等に力をつくし、ほぼ生活が軌道にのりかけたところで終戦となりました。日本軍はいち早く内地に引き揚げましたが、中国或いはソ連（ロシア）の軍に追われた開拓団の方たちは、列車も食糧もないまま日本への引き揚げの道を辿られました。しかし、多くの方々は家族離散し、ことに未成年の子供さんたちは飢えにたおれ、なかにはたまたま現地の方たちに救われて成人となり、家族をもったという方が、いつしか高齢となり、今も大変ご苦労されていると聞きました。

今年の吉水大会は、そうした戦時中に親と共に満蒙開拓につれられて来たまま、戦後親たちとはぐれ、孤独に老境に至った方々をお訪《たずね》し、近況をお慰めしようとの提案がなされました。そこで、ハルピンの方で養父母を守り乍らひっそりとくらしていられる残留邦人への慰問を行いました。途中では、竜門や洛陽の石窟にある大石仏群も見学させて頂きました。法要は「方正地区日本人公墓」の石碑前に仮のテーブルをおき、花香灯燭を供え、心から御冥福を祈り、帰途には公民館のような所にご案内頂き簡素な食事を共にして、これまでに少しでも交流のあった方どうしは懐しげに話合っておられました。

方正県・公墓参拝・同（日本孤児慰問）

ゆたかなる東北の農地往きゆきつ戦中戦後期の労苦をしのぶ

外《と》つ国の養い親も今や老い生《お》うし立てたる歳月の恩

方正の人民の情け有りがたし援け育てし子らも老いたり

郷鎮《ごうちん》や街道すじも野の道もパトカーの先導に車列をつらね

無灯火の軍用空港におり立てばこよい明月北京秋天

北京・中国仏教協会を表敬訪問

町中の喧騒へだつる広済寺仏教協会の重職にまみゆ

山門を入るや俗塵更になし首都の御寺仏教協会

晩餐のつどい和みてこもごも語る人民大会堂の出会い尊し

日中の仏教とわの友好を希《ねが》いて交す盃の数

民衆の怒りはさぞや激しからむ贅《ぜい》をこらせし西太后(頤和《いわ》園)の日々

南海の珍石あまた運び入れたる楼観はただ華麗なり

清朝は亡びし今も石舫ありあらん限りの国費尽しぬ

中秋の宵まつ町は華やぎてにぎわい楽し月餅の店頭《みせ》

年毎に都市の発展いちじるし東都とかわらぬ渋滞の朝

都心部を走る黄の色目まぐるし年ごとに増す的士《※デキシー》の数
（※イエローキャブ・小型タクシーのこと）

荒れ果てし大厦《たいか》と外資の大楼の並びて建つも北京の実相

紹興酒まずは一口きこし召せ中国の思い出とりどり語らむ

ゆたかなる自営農民ときく人も街頭の車に泊り西瓜うりいる

主婦なりと言う人はなきが如く屋台にて早飯《ツァオファン》を立食しおり

方正地区日本人公墓

満蒙開拓団のなかには、現地の方たちのご親切に心を残して引き揚げ途中で亡くなられた方も多く、方正県の方々が墓塔を建て、時折慰霊をしてくださっているとの話を聞き、一九九六年（平成八年）に吉水会としてもおわびと慰霊に参りたいと、当時の副会長（奈良興福院）の日野西徳明上人ご提案で、二〇一四年（平成二十六年）初夏慰霊の旅が実現できました。孤児といっても、すでに中国の方と結婚し子供さんもあり老境に入った方が多く、どれ程のご苦労を耐えしのんで今日を迎えられたかを思えば、涙なしではお話合いも出来ぬ対面でありました。

幾星霜残留の身にしのびよる老いのきざしの見ゆる悲しさ

敗戦の民の亡骸手厚くも公墓に祀りし異邦の人情

入植の人らの汗と血と涙染み込みし大地いま緑なり

日中の席を交えて語り合う一期一会の交流のとき

合弁の公司大楼よそおいて鮮やかに並ぶ五輪まつ都市

中国紀行・仏教霊場巡拝（二〇〇三年〈平成十五年〉八月二十八日）

成田発　八月二十八日

旅立ちの日はついに来ぬあこがれのシルクロードへいざとび行かむ

上　海　八月二十九日

人波にもまれふみいる胡洞《ホートン》は自由市場の活気あふるる

みちのべにひさぐ大碗早飯《ツァオファン》をすすり親子の一日《ひとひ》始まる

可憐なるその一輪の名をとえば夜来香《イエライシャン》と笑みてこたえる

玉仏寺

釈迦牟尼は御手を地にふれ白玉の肌つややかに坐していたまう

蘭　州　八月二十九日

時しあれば暴龍と化すとう大黄河流るるとも見えず今はたゆたう

絹の道ここにはじまる蘭州の空港周辺荒涼として

白蘭果西瓜ハミ瓜ゆたかなる文明のふるさと黄河のほとり

黄塵を捲きて羊の群れかえる夕ぐれ近し白塔山麓

甘粛省博物館

天翔ける「馬踏飛燕」のブロンズは張騫《ちょうけん》の得し天馬ならむか

嘉峪関　八月三十日

プロペラ機の給油の基地におり立ちて祁連《きれん》山脈はるかに仰ぐ

敦煌

敦煌の故城はるかにたちつくす河西回廊《かせいかいろう》とりでむなしも

天竺の経巻をにない倒れたる白馬をたたう塔美《うるわ》しき

くれがての砂丘の色は刻々と明暗分けて風紋しるし

鳴沙山

ひるの陽のぬくみをのこす鳴沙山素足にやさし砂の感触

弦月の相《すがた》うるわし月牙泉《げつがせん》埋もることなき水のふしぎさ

玉杯に葡萄の美酒をくみかわす敦煌の宵西域のゆめ

莫高窟　八月三十一日

所せく諸尊仏画の並びいて只息をのみ立ちつくし居り

此土彼岸さかいしらずも埋めつくし飛天らは舞う石室宝蔵

今ここに仏菩薩らを仰ぎつつ慈光身にそう来迎おもう

陽　関　九月一日

「陽関《ようかん》をいずれば故人なからむ」とうたいし人の心や哀れ

幼な児も親のなりわいたすけいる沙漠の民のきびしきさだめ

生きもののかげ一つだになきゴビに涯なくつづく風車列柱《ふうしゃれっちゅう》

とぶ鳥も地を這うもののもなき世界はるかひとすじ竜巻のぼる

蜃気楼

めくるめく熱き沙漠のさいはてに幻の湖《うみ》青くきらめく

ラサへ行く辿《わか》れ路《じ》ときさてそのかみの政略婚の公主《こうしゅ》を思う

ウルムチ　九月一日

街路樹は高くたくまし繁りあう十三民族新疆《しんきょう》自治区

ゆるやかに一日の時ただよえる異境の町の白夜のにぎわい

九月二日

フロントのガラスに砂礫とびきたる灼熱の道アスファルトとけて

人けなき昿野なれども発電の風車はめぐり時はながるる

丈高きポプラ並木の整然とつづきて至るオアシスのさと

清冽なカレーズの流れはるかなる天山の雪の霊気をつたう

トルファン

とりどりの民族衣装ゆきかえるシルクロードのバザール明るし

矢絣《やがすり》に似たるシルクをよそおえるトルファン女《びと》の花のかんばせ

大いなる葡萄のアーチ青くしてしばし暑さを忘れやすらう

ものみなを灼きつくす如き旅路きて甘き果実の喉にしみ入る

荷車の農民一家手をふりつ笑顔にロバの鈴の音響く

妖怪の住みにし山か玄奘の求道《ぐどう》はばみし火焔山見ゆ

ベゼクリク千仏洞

重畳《ちょうじょう》たるあかき岩山経《へ》めぐれば千の仏洞忽然とあり

岩山の中に栄えたる仏都あり壁画にのこる胡族風俗

アスターナ古墳

砂原の墳墓の主は幾百年二人の侍女を従えねむる

高昌故城

人間の営みいかにありにしか高昌故城はもだして語らず

きわもなき青空のもと褐色の城址は亡びの相《すがた》を示す

葡萄棚めぐらし暮らすオアシスの白き土屋はみちたりて見ゆ

オアシスの環濠の水ゆたかにてたわむる子らも木がくれに見き

ウルムチ

ひたすらに西へと走りウルムチに沈まぬ夕日追いつつ至る

バースデイ祝うケーキの文字赤し「生日快楽」辺境のうたげ

西安　九月三日

日中の仏縁ふかし豊作を祝うこの日に参り合うとは

香烟のけぶり満ちおり崇霊《すうれい》塔大師御像も笑みますごとし

人々のくらしに信心生きてありみ寺につどう老いも若きも

長安の西門を出ずる絹の道古来いくたの別離ありしか

兵馬俑坑　九月四日

おびただしき兵馬の俑《よう》の坑列《こうれつ》にそそぎし人民の膏血《こうけつ》を思う

豊穣のわらの小山と見まがえる荷車をひくロバの目やさし

華清池の名もなまめかし楊貴妃の玉のはだえを洗いし出で湯

九月五日

清涼の朝風をきりて悠悠と自転車のむれ職場にむかう

北　京

空港と市内をむすぶ大道は三十公里《こんり》並木涼しき

盼盼《パンパン》も歓迎に一役かいておりアジア大会まぢかし北京
（パンパン＝次期五輪マスコットのパンダの愛称）

歴代の皇帝《みかど》が信をよせたりき法源寺いらか黙《もだ》しつらなる

九月六日

近代化をすすめる北京のビルかげに昔ながらの四合院あり

姑娘《クーニャン》は楚楚としてたち長袍《チャンパオ》に「団結友誼進歩」のたすき

天安門広場

革新のあつき血潮のたぎりたる人民広場キャタピラーのあと

解放の英雄をたたえる石ぶみを稚《わか》き党児ら佇《た》ちて守れり

故宮

九百九十九廟堂のやね黄金に輝きて清朝の歴史をかたる

九月七日

人の和と尊き縁《えにし》にみちびかれ仏教伝来の道をたどりぬ

中国の歴史と風土味わいつつ一期一会のたびをいただく

成田着

雲海を一睡の間にとび去りてはや日の本の土におり立つ

インド紀行Ⅱ（二〇〇八年〈平成二十年〉十月十日〜十五日）

カルカッタの空港におり立ちみれば家なき人らの混雑にあう

清濁《せいだく》を合わせまじえし街道をクラクション激しくバスは進めり

ととのえる主都ロータリーに車止まれば物乞いの子らの仮り寝床みゆ

高床《たかゆか》の小屋《や》に老翁は蹲《うずくま》り一人緩慢《かんまん》に焼菓子を売る

混沌の露店の街に忽然と真紅のサリーの乙女子はゆく

印度中国いく度か共に巡拝せし友の面影うつし絵かなし

皆共に明るくたのしく生き行かむ世界平和を根本大塔に祈る

大鷲の翼休めし如き霊鷲山《りょうじゅせん》一期一会の法筵《ほうえん》に坐し居り

（霊鷲山）

釈尊の四姓平等とかれし国に今も悲しきハリジャンの子ら
（ブダガヤへ）

様々な国も種族もおしなべて大覚尊にぬかずき詣《もう》ず

善光寺如来のふるさと遠くして水田、バナナの森見つつ行く
（バイシャリー）（毘舎利国）

釈尊の成道の地に到り得し我が幸せを謝しておろがむ
（ブダガヤ大塔）

天をつく大塔のもとどりどりの国民族衣装で祈り捧ぐる
（チベット族が最多）

貧しさや病をいやさむと心尽す駐在僧の挙措のすがしさ
（インド山日本寺）

こもごもに「のの様」の歌をうたい合う菩提樹学園おさなき子らと

渋滞の僅かな車間に身を捩《よじ》りか細き手足のもの乞いの子ら踊る

（市街にて）

傾きし廃屋の如き小屋なれど商うは束ねたる宝石や数珠

あわただしき旅の五日は夢のごとさめてし見れば思い出楽し
（帰国）

目《ま》のあたり戦禍に苦しむ民を見て不戦の法勅建てられしとう

中国紀行・東林寺ゆかりの蓮花

一九九九年（平成十一年）七月、私ども近在の方々十名にて中国・廬山《ろざん》の東林寺に参り、慧遠大師遺愛の珍種「青蓮華《しょうれんげ》」という蓮のあったことを知りました。これはかつて一六七〇年頃、現大阪府堺市にありました大阿弥陀経寺（通称「旭蓮社」）に贈られ、そこから大日比の西円寺《さいえんじ》に分根が伝えられて居り、更に一九九二年（平成四年）当時の浄土宗総長及び、中日仏教親善団のご一行が蓮根を携《たずさ》えてお里帰りが実現したことがありました。

大変に珍しく美しい品種で、その当時訪中団の一員でいられた当時の知恩院の職員でお寺（自坊）は亀岡市西光寺の住職、小塚光昇上人が育てておられ、「ほしければ分けてあげまっせ」と仰ってくださり、大本願奥庭にささやかな蓮池を作って根分けをして頂きました。その花は蕾《つぼみ》が大きくなっても開花の直前まで瑞々《みずみず》しい青い色をして居り、開花すれば花弁は純白で、中に黄色の芯があり、しかも蕊《しべ》は少しずつ青い苞《ほう》に包まれた大変珍らしい花種で、未熟な私には到底作歌は出来ません。同時につま紅の「一天西海《し》」と言う花種と、「大賀蓮」とを贈って頂きました。今もなお、この二種の花はだんだんと小さくなりながらも、花をもち続けて居り、日中友好の記念に大切にしたいと思って居ります。

待ちかねたる純白の花弁開きたり花蕊は青く座仏の如し

東林寺に伝えられ来し青蓮華《しょうれんげ》慧遠大師の遺愛のはちす

中国の廬山念仏のふるさとの聡明泉の水呈茶頂く
（慧師が掘りあてたもの）

東林寺は東晋時代（三三四〜四一六）、日本の古墳時代に慧遠大師の開山による。その頃、同じ廬山の山内西林寺に住した慧遠が迎えられ、六十九歳で結社念仏をはじめ、中国・インド等の僧俗百二十三人の念仏同行が集り、東林寺般若台の前に蓮池を作ったので、「白蓮社」と号した。明清時代に禅浄双修となり、その後も法難にあい、文革や四人組時代には徹底的破壊をうけたが、現在は復興し約八十人程の僧侶が常在していられる。

中国紀行・玄中寺詣で

太原《たいげん》の山ふところに復興す三師※の祖庭雨中にしずもる
（※三師＝浄土教先覚者＝曇鸞《どんらん》・道綽《どうしゃく》・善導《ぜんどう》各大師）

人煙を遠くはなれたる山奥の絶壁にみる寺号の大書

念仏の三師の芳躅訪《ほうちょくと》いくれば石壁山中白塔かすむ

浄土教三師の芳躅訪う今も法脈現存し念仏響く

終南山大師の芳躅しのびつつひとすじに辿る長き白道

吉水の会員うちそろい参りしを待ちいませしか太原の三師

小袖屏風

二〇一六年（平成二十八年）五月四日、長野市ではゴールデンウィークのイベントとして色々な試みがなされました。その中の一つとして、「牛にひかれて善光寺……」の古諺に因《ちな》み、希望者に和服で牛と共に善光寺参りをして頂こうという企画が出され、その途中で大本願に立ち寄られることとなりました。善光寺の住職である私にもぜひお会いして一言ご挨拶してほしいということでございまして、そのような和服趣味の方々に、何とお話したらよいかと考えました。普通一般参詣の団体ではないので、もしや古い着物の一枚でもお目にかければ、興味や善光寺に対する関心をおもち頂けるのではないかと思いつきました。手元に、母が結婚の折、実家で作って頂いたという大正時代のこの着物（おかさね）と、私の誕生祝いに本家の祖母から贈られたという、一つ身の昭和初期のお祝い着がありましたので、二点を展示して休憩の間のおなぐさみに見て頂きました。

紫がかった紺地ちりめんの振袖で、裾と袖下部には桜ともみじ御所車がうすい雲形の中に染めと、ごく一部分刺繍で描かれた美しい品で、今もなお変色をせず、昔ながらの和服の美が保たれて居ります。

今一枚は、私の誕生祝いに本家祖母から贈られた緋色（裾部分は黄から薄緑）の一ツ身縮緬で、全体に大きい鳳凰の文様が美しく描かれたものです。破損や散失しないようにと、約十年前専門の表具師に依頼して、「小袖屏風」に仕立てて頂いた品で、多くの方々が大へん興味をもって観賞してくださいました。現在のように、金銀箔刺繍など豪華絢爛な技術のなかった時代でありますが、これだけでも充分観賞に価する品と思います。

挽歌（一條上人の遷化）（二〇〇〇年〈平成十二年〉一月二十五日）

一九五五年（昭和三十年）第一一九世大宮上人の附弟として入山致しました私は、直ちに京都に修行勉学に行かして頂き、一九五九年（昭和三十四年）以降大本願に落ちつきました。但し大宮上人は御不在がちで、実際に尼僧としての心得や生活態度をお導き頂いたのは、専ら一條上人でございました。

二〇〇〇年一月二十五日約四十余年間も寝食を共にさせて頂いた先師との永訣は、淋しく心細く茫然としてしまいました。真情のまま挽歌を献じます。

御しわなく遺骸《むくろ》とさえも見えまさず眠りに沈む清きかんばせ

いく万遍かよいなれにし元善町《もとよしちょう》最期《つい》の昇堂み車に臥し

一條上人の御最期は、しっかりと私の手をにぎられ、御一緒に何遍かお念仏を申すうち、静かに呼吸が止られました。正純尼は御そば近くで御最期にお召しになる為の白木綿のお襦袢をお縫いしておりました。大宮上人よりの直系の弟子、しかも一條上人の近侍者両名だけで、静かなお見送りを致しました。直ちに主治医の飯島医師に御臨終の脈をとって頂きました。

（二〇〇〇年一月二十五日遷化）上人の御心そのままに空はあくまで澄んですがすがしく、北アルプスのまっ白な嶺が望めたのも一入《ひとしお》の感動でありました。御本堂では、歴代上人御葬儀の慣例として、御生前中に仰せ残していられた通り、合拝《ごはい》の下まで霊柩車に行って頂き、おこしを運ぶ人達により段上まで登って頂き、御本尊様に訣別の参詣という意味で、御本堂の回廊を三周して頂いて、東合拝からいよいよお車で大峰にお送り致しました。

一月二十五日、宗祖法然上人の御忌の御当日で、一條上人の御遷化がこれ程さし迫っていられるとは気付かず、少しでもお気持ちが明るくなられるようにと、その日の朝まで冗談など申上げて居り、本当に申訳けないことをしたと今でも胸いっぱいになります。

暑き日も風雪の日もひたすらに踏みしめたまいしこの石だたみ

開帳の鉦をききつつみ棺《ひつぎ》は大金堂の回廊めぐらる

大峰山茶毘所《だび》にお見送りしつつ車窓より北信の山々を遠望

お浄土に旅立ちたまう冬日和アルプス銀嶺ただに輝《かがよ》う

（註）大峰山上の茶毘所にお見送りした早朝、車窓からは北アルプスの白雪にかがやく美しい峰が遠望され、これも上人とはご一緒に見ることが今後二度とないと思えば、一層さびしさが胸にせまりました。

四十余《よそあま》り五年《いつとせ》共に過したる庫裡《くり》冷えびえし尼公いまさず

しばらくは半座をあけて待ちたまえやがて我が身も逝《ゆ》きてまみえむ

遠からぬ別れとしれば心して仰せさやかに記憶《おぼえ》しものを

亡き恩師

いかばかり縁《えにし》深かり俊雄《しゅんのう》老師大字写経をあまた贈らる

きびしくもやさしき心持ちおりし俊雄老師の生涯しのぶ
（大字の写経墨蹟）

百歳を目前にしてにわかの遷化牧田諦亮師は中国仏教の泰斗

上海の同文学院に研鑽の成果残して引揚げし諦亮師

みち子女史夫君と共に帰国され平和を祈る刺繍曼陀羅にこめ

高齢者わが人生をかえりみる仏縁《えん》や人の縁に恵まれし生涯

クラス会

すこやかにつどいし友らそれぞれに試練の歳月こえて来つらむ

卒業後別れたる友らそれぞれの過ぎこし歩み語らう喜び

級長は今なお級長と頼りおり減少せしメンバー集めクラス会
（女専にて四十余人の同級生はすでに数人のみとなるが欠席の私にも記念の写真贈られてなつかしむ）

家族縁者皆去り逝きてただひとり老残の身の枯秋にたたずむ

いつしかに日と日を重ね年経たり昔の心身健全なりしが

「明日また」と何の約をもなし得ずも今日は安らにただ眠りたし

今日一日《ひとひ》何事もなく過ぎゆきぬ明日はあしたの風吹かばふけ

幾星霜こえて過ぎこし我らなり友集《つど》えるは将来《さき》幾度や

白髪のこうべ集《つど》えるクラス会健康長寿を共にことほぐ

早逝の妹（二〇一六年〈平成二十八年〉十一月一日）

久々に見舞いし妹は声もなく感情もなきが如くに横臥するのみ

再びは生ある君にあえまじと思えば我も語るすべなし

限りある面会時間いたずらに手を握りしのみ声なくすぎぬ

何事かなすべき事を思いつき起き出で見れど呆《ほ》けて居りたり

母上にうとまれ居ると思いこみ死にたしと願いし思春期のわれ

幼より妹可愛ゆしと思いしに母の溺愛《できあい》につらく当れり

汚《よご》れ居る野良の犬猫みてさえも只いとしげに手をのべし妹

かほどまではかなき命と知りたれば母の舌鋒に耐えいたる日悲し

忙しき勤めある身と知りつつも共に旅せし時もありけり

一時《ひととき》は反抗的と思いしが吾と同じく服装史専攻

茶道、ダンス趣味多かりし妹は短命なれど悔いあらざりけむ

生命のはかなき妹しのぶれば今生かされ居るわが身のふしぎ

東山魁夷画伯の遺作（二〇一七年〈平成二十九年〉四月二十五日）

東山魁夷画伯・同すみ夫人の追善法要にて画伯遺作の陶版画寄贈あり

白き馬いつに変らず佇《た》ちいるは平和を希《ねが》う画伯の心象

湖の深き藍にも染まずして常に立ちいる白馬うるわし

森深くたずねい行けば静かにも白馬のすがた湖《うみ》に映れり

今日の日はすぎ去り行きぬ夕闇のせまる大地にわれ一人たつ

厳海のいわおに砕く波頭きびしくもまた美の極地なり

唐招提寺の書院なる壁画に見ゆる怒濤《どとう》には求法《ぐほう》の僧の熱気こもれり

藍色のふかく鎮もる湖のほとりに白き馬　画伯の心

白馬紀行

長野県北部の白馬村＝先年冬季五輪でジャンプ競技などが行われた。

白馬なる百合園のゆり迎え来て待つこと久し八年目の大輪

大輪の花なるゆり株白馬より求め来りてようやく開花す

とりどりに色彩ありて山腹をおおえる白馬はゆりの花盛り

第六期法主認証式（二〇一七年〈平成二十九年〉五月二十三日）

三十路より善きみ光にてらされて第六期法主認証を賜る

一《ひと》日《ひ》一《ひと》日《ひ》師や法友に導かれおぼつかなくも歩み来りし

米寿まで生き生かされし日々尊し　我が力ではなきと謝するのみ

み仏の恵みをうけて賜わりし総本山より祝いの寿杖
（八十歳の賀に）

華頂なる嶺にのぼれば忽ちに常に絶えなき香烟につつまる

図らずも法主の認証六期目をうけたる身の任ますます重し

知恩院修復の気配重々し祖師堂集会堂《しゅうえどう》仮屋に覆わる

大本山法主六期目の認証式総本山の大殿にわれ一人座す
（二九・五・二三）

あとがき

随分以前から短歌をすすめてくださる友人がおられましたが、なかなかその気になれず、法務多忙でもあり辞退しつづけて居りました。しかし、人生の終末期に至り、今年に入ってから何か記念になる作品をのこしたく、急に思い立って伝田幸子女史の御指導を頂く縁が出来ました。

ほんの短期間の習作を見て頂くつもりで居りましたが、俄に上梓をとのおさそいを頂き、厚かましくも米寿記念としておことばに甘えさせて頂きました。とにかく、今までの習作の、見たまま感じたままの三十一文字のいくつかを取りまとめて、伝田幸子先生并に「ほおずき書籍」の木戸ひろし様にお任せして、一応歌集の形に整えて頂きました。御寸暇のおなぐさみに御笑覧くだされば幸甚と存じます。

長くもあり短くもあった人生で、出会った多くの師友や有縁の方々に心から感謝するとともに、出版に際しお力添えいただいた伝田先生並びに木戸ひろし様にも厚く御礼申し上げます。

二〇一七年　初秋

鷹司誓玉

略歴

一九二九年（昭和四年）　東京都に生る（幼名　栄子《しげこ》）
一九三八年（昭和十三年）　女子学習院前期入学
一九四五年（昭和二十年）　同後期卒業
一九四九年～一九五四年（昭和二十四～二十九年）　大阪市立大学家政学部被服科助手
この間に同大住居学科に転属し、慶應大学文学部史学科卒業
一九五五年（昭和三十年）　善光寺大本願入山得度（法名　誓玉）
浄土宗尼衆学校・仏教大学・大谷大学・大谷大学大学院修士課程修了・総本山知恩院にて加行及び璽《ジ》書、蓮社号・誉《ヨ》号・阿《ア》号を受け、大本願に戻り、善光寺開帳昭和三十六年以降十回出仕

一九九七年（平成九年）　副住職を経て住職
大僧正・法主（善光寺第百二十一世上人）
二〇一六年（平成二十八年）九月、大本願仏教文化研究科（仮称）発足
二〇一七年（平成二十九年）六期目法主認証（浄土宗大本山法主、任期は四年）

役職

全日本仏教尼僧法団総裁
浄土宗吉水会会長
全日本仏教婦人会連盟名誉会長
ガールスカウト長野県第三十一団団委員長
道心会総裁

著書

『信州大本願　江戸青山　善光寺智観上人』　大本願教化部
『善光寺大本願の沿革』　大本願教化部
『善光寺中興　誓円尼公』　大本願教化部
『(日本伝統文化財)唐組平緒』　平凡社
『流れのままに』　信濃毎日新聞社
『おかげさまの命を生きる』　講談社
『(本蓮社おぼえ書Ⅰ～Ⅲ)組ひも』　大本願教化部
『仏の道衣《きぬ》の道』　信濃毎日新聞社

米寿記念歌文集　行雲流水

二〇一七年十月二十八日　第1刷発行

著　者　鷹司誓玉

発行者　木戸ひろし

発行所　ほおずき書籍株式会社
〒三八一－〇〇一二　長野県長野市柳原二一三三－五
☎〇二六－二四四－〇二三五
www.hoozuki.co.jp

発売元　株式会社星雲社
〒一一二－〇〇〇五　東京都文京区水道一－三－三〇
☎〇三－三八六八－三二七五

ISBN978-4-434-23809-3